Dieses Buch gehört:

EMILIA

Der Bücherbär

1. Klasse

Liebe Eltern,

jedes Kind ist anders. Manche kennen bereits alle Buchstaben in der Vorschule und können erste Wörter lesen. Andere Kinder lernen das Abc in der Schule. Für das spätere Leseverhalten ist es jedoch völlig unerheblich, wann das Alphabet gemeistert wird. Wichtig aber ist der Spaß am Lesen – von Anfang an. Deshalb ist das Bücherbär-Erstleserprogramm konzeptionell auf die Fähigkeiten und Bedürfnisse der Kinder abgestimmt.

Dieses Buch richtet sich an Leseanfängerinnen und Leseanfänger in der 1. Klasse. Die besonders übersichtlichen Leseeinheiten und kurzen Zeilen sind ideal zum Lesenlernen. Das Hervorheben der Sprechsilben hilft dabei, ein Wort richtig zu lesen und zu verstehen. So kann jede Sprechsilbe erkannt werden: Idee, Radio. Zusätzlich regen lustige Rätsel und Verständnisfragen zum Nachdenken und zum Gespräch über die Geschichten an. Denn Kinder, die viel Gelegenheit zum Sprechen haben, lernen auch schneller lesen.

Ihr Bücherbär

Empfohlen von Westermann

Matthias von Bornstädt

Dinogeschichten

Mit Silbentrennung, Bilder- und Leserätseln

Bilder von Michael Stapper

Matthias von Bornstädt
ist Autor vieler erfolgreicher Kinderbücher. Daneben schreibt er Drehbücher und arbeitet als Arzt. Man kann sich schließlich für viele verschiedene Dinge interessieren! Ganz besonderes Interesse hat er auch an Dinosauriern, und das schon seit seiner Kindheit. Manchmal stellt er sich vor, wie es wäre, wenn heute ein Dino durch die Straßen seiner Wahlheimat Berlin streifen würde. Kein Zufall, dass genau das in den Dinogeschichten passiert …

Michael Stapper,
geboren in Köln, studierte Animation an der Filmhochschule HFF Potsdam und arbeitete anschließend viele Jahre für Trickfilmproduktionen. Heute lebt er in Berlin und illustriert Kinderbücher.

Arena
Ein Verlag in der Westermann Gruppe

RECYCLED
Papier aus Recyclingmaterial
FSC® C110508
FSC www.fsc.org

Der Bücherbär
1. Auflage 2024

Text: Matthias von Bornstädt
Cover und Innenillustrationen: Michael Stapper
Farbassistenz: Antje Ehlert
Gesamtherstellung: Westermann Druck Zwickau GmbH
Gedruckt in Deutschland
ISBN 978-3-401-72073-2

Besuche den Arena Verlag im Netz:
www.arena-verlag.de

Inhalt

Der geheime Dino-Garten 10

Grillfest mit Dino 18

T-Rex-Alarm! 26

Wie erschreckt man einen Dino? 34

Lösungen 42

In diesen Geschichten spielen mit:

Tante Neela, Dino-Forscherin

Schwierige Wörter im Text:

Flugsaurier

T-Rex,
du sprichst es
„Ti-Rex“

Grillfest

Maiasaurier

Stadtpark

Zeitmaschine

Maiskolben

Dreihorn

Fußball

Hausaufgaben

Der geheime Dino-Garten

Mira und Ori besuchen
ihre Tante Neela in den Ferien.
Tante Neela ist Dino-Forscherin
und ihr Garten sieht aus
wie ein dichter Dschungel.

Mira und Ori spielen,
dass sie Dinosaurier
mit langen Hälsen sind.

Plötzlich hören sie ein Fauchen.
„W-war das ein Dino?“,
fragt Ori und wird ganz blass.
Mira lacht und sagt: „Dinos gibt es
doch schon lange nicht mehr.“
„Und was ist dann DAS?“,
ruft Ori und zeigt nach oben.

Ein Flugsaurier segelt
über die hohen Büsche!
„Wir gehen besser ins Haus“,
flüstert Ori Mira ins Ohr.
Doch Mira ruft: „Quatsch!
Das ist doch spannend!“
Oh! Da! Es raschelt
hinter einem großen Stein.

Mira und Ori schleichen sich an.
„Dieser Dino hat ja Haare!“,
sagt Mira.
Nun sieht auch Ori
das Büschel rote Locken.
Es gehört Flo. Er wohnt nebenan
und schlüpft manchmal
durch ein Loch im Zaun.

„Reingefallen, haha!“, ruft Flo.
Der Flugsaurier ist nur
ein Spielzeug.
Mira funkelt Flo böse an.
„Na warte, bis wir dir
auch einen Streich spielen!“
Doch Flo hört gar nicht zu.

„Guckt mal! Eine Dino-Spur!“,
sagt er aufgeregt und zeigt
auf einen Abdruck in der Erde.
„Das warst doch auch du“,
sagt Ori.
„Die Spur ist nicht von mir“,
antwortet Flo. „Ich schwöre!“
Mira und Ori glauben ihm nicht.

Warum glauben Mira und Ori Flo nicht?

Also läuft Flo allein los.
Kurz darauf kommt er zurück.
Und was tapst da neben ihm?
„Ein echter Dinosaurier!“,
rufen Mira und Ori erstaunt.

Der Dino schnaubt fröhlich
und macht einen Haufen.
Schöne Bescherung!

Welche Spur gehört zu dem Dinosaurier?

Grillfest mit Dino

Mira, Ori und ihr Freund Flo
haben im wilden Garten
von Miras und Oris Tante
einen echten Dino entdeckt!
„Er ist ein Maiasaurier“, sagt Ori.
„Wieso er? Es ist ein Mädchen“,
verkündet Mira.

Die drei geben dem Dino-Mädchen
den Namen Maia.
„Was sollen wir bloß
mit Maia machen?“,
fragt Ori.
Mira ruft: „Wir müssen sie einfangen!“
Doch Maia ist plötzlich weg.

Zum Glück hat Maia
Spuren in der Erde gemacht.
Sie führen zur Straße.
Mira, Ori und Flo
schauen in alle Richtungen.
Maia ist nirgends zu sehen.

Da kommt ein Mann
mit einem kleinen Hund.

Flo fragt ihn: „Haben Sie
zufällig einen Dino gesehen?“
„Ja, leider!“, schimpft der Mann.
„Und zwar ohne Leine!“
„Wo ist der Dino hin?“,
will Ori wissen.
Der Mann zeigt zum Stadtpark.
„Danke, tschüss!“, ruft Mira.

Worüber ärgert sich der Mann?

Im Park grillen viele Familien.
Flo flüstert: „Bestimmt hat
der Geruch Maia angelockt.“
Ori fragt: „Was, wenn die Leute
Fotos von Maia machen?“
„Dann wird sie eingefangen
und von fiesen Forschern untersucht“,
sagt Flo grimmig.

„Du spinnst ja“, zischt Mira.
Doch etwas Angst hat sie auch.
Wo steckt Maia nur?

„Da!“, ruft Ori.
Maias Schwanz schaut
hinter einem Grill hervor.
Sie schnappt hungrig
nach einem Maiskolben.

Die Mama am Grill ruft fröhlich:
„Na so was! Diese Spielzeuge
sehen immer echter aus!“
Ihre Tochter seufzt: „Wie süß!
Bestellst du mir den auch?“
Mira lächelt erleichtert
und sagt: „Maia ist einfach zu echt,
um wahr zu sein!“

Ein Dino gehört nicht zum Grillfest!

Was gehört auch nicht dazu?

T-Rex-Alarm!

Oris und Miras Tante Neela arbeitet als Dino-Forscherin. Im Schuppen hat sie sogar eine geheime Zeitmaschine. Die macht sie gerade sauber. Plötzlich sagt jemand hinter ihr: „Was ist denn das für ein Ding?“ Tante Neela wirbelt herum.

„Mira! Ori! Flo!“, ruft sie überrascht.
„Und woher habt ihr diesen Dino?“
„Wir haben zuerst gefragt“, sagt Mira.
„Also gut“, seufzt Tante Neela.
„Das hier ist meine Zeitmaschine.“
Die drei Freunde staunen.
Ori ruft: „Dann ist Maia bestimmt
mit dir durch die Zeit gereist!“

Klar, Maia muss in ihre Zeit zurück!
Tante Neela klatscht in die Hände.
„Alle einsteigen und anschnallen!“

Wie ein großer Flummi
hüpft die Zeitmaschine los.
Flo wird richtig schlecht.
Da hält das Hüpfen endlich an.
Alle steigen schnaufend aus.

Doch da schnauft noch wer.
„Oh! Ein T-T-T-Rex!“, stammelt Mira.
„Und er kommt auf uns zu!“
Ori sagt ängstlich:
„Der T-Rex ist leider echt schnell.“
„In die enge Schlucht dort!“,
zischt Tante Neela.

Was macht der T-Rex, als Mira ihn bemerkt?

Doch leider kann sich der T-Rex
ziemlich dünn machen.
Er stampft näher und näher.
Da zieht Flo seinen Segel-Dino
aus der Hosentasche.
Hui! Flo wirft das Spielzeug
auf den T-Rex zu.
„Was soll das?“, fragt Mira.

Der Segel-Dino saust am Kopf
vom T-Rex vorbei.
Überrascht schnappt er
nach dem Flieger.
Da entdeckt Ori
einen Spalt im Fels.
Schnell hinein!
Der T-Rex wundert sich,
wo alle plötzlich hin sind.

Schnaubend geht er nach Hause.
„Beleidigte Dino-Wurst“,
sagt Flo grinsend.
Die Abenteurer
wandern durch die Schlucht.
Und was sehen sie am Ende?
„Deine Familie, Maia!“,
ruft Mira. „Hurra!“

Worauf hat Maia jetzt Lust?

Wie erschreckt man einen Dino?

Mira, Ori und Tante Neela
sind in die Urzeit gereist.
Sie haben einen kleinen Dino
zu seiner Herde gebracht.
Flo von nebenan
ist auch dabei.
Er fragt: „Bleiben wir noch?“

„Heute nicht“, sagt Ori.
„Wir müssen noch
Mathe-Hausaufgaben machen.“

Die vier gehen zurück
zu ihrer Zeitmaschine.
Doch was ist das?
Ein Dreihorn kickt die Maschine
zu einem Dreihorn-Kumpel!

Der schießt die Zeitmaschine
mit dem starken Kopf zurück.

Tante Neela ruft: „He!
Das ist doch kein Fußball!“
„Nicht dass die Zeitmaschine
kaputtgeht“, sagt Ori besorgt.
„Na und?“, antwortet Flo.
„Nie wieder Hausaufgaben!“

Warum denkt Flo, dass er
nie wieder Hausaufgaben machen muss?

„Und nie wieder Eis essen“,
sagt Mira.
„Oh nee!“, ruft Flo.
„Wir müssen den Dreihörnern
die Zeitmaschine abnehmen!“
Aber wie?
„Wir könnten sie erschrecken“,
schlägt Tante Neela vor.

Und wie soll das gehen?

Ori ruft:

„Mit einem größeren Dino!“

Er läuft los und sammelt
ein paar große Blätter.
Aus den Blättern formt Ori
einen Trichter.
In den brüllt und faucht er.

Die Dreihörner blicken auf.
Sie denken, dass ein T-Rex
in der Nähe ist.
Da verkrümeln sie sich lieber.
„Gut gemacht, Ori“,
sagt Tante Neela zufrieden.
Zum Glück geht
die Zeitmaschine noch.

Flo seufzt: „Ach schade,
hier war es so aufregend.“
Tante Neela sagt zwinkernd:
„Wir kommen ja wieder.
Und bis dahin
gehst du einfach zu Ori,
wenn du mal
einen Dino treffen willst!“

Fünf Dinos schauen den Menschen zu.
Siehst du sie alle?

Lösungen

S. 15:

Weil er sie schon einmal an der Nase herumgeführt hat.

S. 17:

S. 21:

Der Mann ärgert sich, dass der Dino nicht angeleint war wie ein Hund.

S. 25:

S. 29:

Der T-Rex schnauft.
Deswegen bemerkt Mira ihn.

S. 33:

Maia möchte mit ihrer
Familie KUSCHELN.

S. 36: Weil sie nicht
mehr zurück nach Hause
reisen können, wenn
die Zeitmaschine kaputtgeht.

S. 41:

Themengeschichten mit Silbentrennung

Die kleine Eulenhexe
Lustige Abenteuergeschichten
978-3-401-71735-7

Fußballgeschichten
978-3-401-71535-3

Freundschaftsgeschichten
Unterschiede machen stark
978-3-401-71914-6

Die besten Kinderwitze zum Lesenlernen
978-3-401-71908-5

Jeder Band: Ab 6 Jahren • Themengeschichten mit Silbentrennung • Durchgehend farbig illustriert • 48 Seiten • Gebunden • Format 17,5 x 24,5 cm

Innenseite aus *»Die kleine Eulenhexe«* ISBN 978-3-401-71735-7

Diese Reihe ist auf die Fähigkeiten von Leseanfängern abgestimmt: Übersichtliche Leseeinheiten und kurze Zeilen sind ideal zum Lesenlernen. Das Hervorheben der Sprechsilben hilft dabei, ein Wort richtig lesen und verstehen zu können.

Empfohlen von Westermann

Eine durchgehende Geschichte in Kapiteln

Beste Freunde und ein tolles Abenteuer
978-3-401-71587-2

Elf Fußball-Freunde halten zusammen
978-3-401-72021-0

Ein Dino auf dem Schulhof
978-3-401-72001-2

Kleines Einhorn Funkelstern
Fliegen ist wie Zauberei
978-3-401-71870-5

Jeder Band: Ab 5/6 Jahren • Eine durchgehende Geschichte in Kapiteln • Durchgehend farbig illustriert • 48 Seiten • Gebunden • Format 17,5 x 24,6 cm

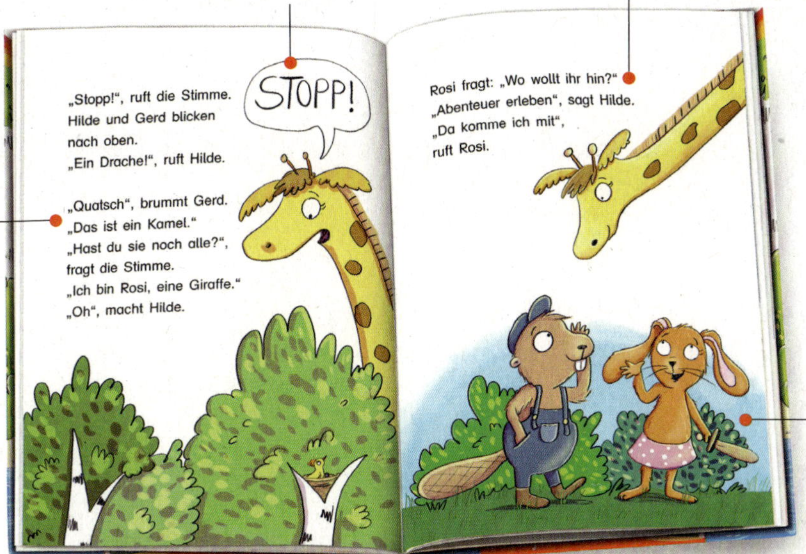

Innenseite aus *»Beste Freunde und ein tolles Abenteuer«*
978-3-401-71587-2

Diese Reihe richtet sich an Leseanfänger in der 1. Klasse. Mit der großen Schrift, den kleinen Kapiteln und den vielen farbigen Bildern macht das erste Lesen viel Spaß.

Empfohlen von Westermann